DE TU VIDA A LA MIA

AIDA LOPEZ

ÍNDICE

SOBRE EL LIBRO:
ABOUT THE BOOK

DE TU VIDA A LA MIA, es el tercer libro publicado por mi humilde persona. Inspirado en el poder de una fe firme y en el amor por los demás, de temas mixtos. Mi propósito es que te hagas parte del tema, el mensaje y la historia. Tienes mis desvelos, mi salud, mi tiempo, penas y alegrías junto a ti. Como diría mi mamá: "Me he quemado las pestañas escribiendo". Yo te diré que he perdido la visión, mis ojos me arden y se me ponen rojos de tan cansados y de tanto escribir. Yo soy la narradora, escritora, poetisa y editora de mis libros. Así que todos los errores me los puedes culpar directamente a mí. Yo trato de hacer lo mejor que puedo pero, en ocasiones no se me da. Ofrezco mi inspiración y mi don de escribir como un regalo de amor para que lo usen de provecho. El amor es una de las emociones más fuerte y bellas que existe en el ser humano. Existen muchas clases de amor, románticas, de amigos y otros. El amor no es un juego de manipulación y control. Tú debes ser libre de amar y de ser amada.

Dicen por ahí: "Que de poetas y locos todos tenemos un poco" y de eso soy ejemplo. He aquí mis locuras descifradas en poemas, prosas y diálogos. No importa cual haya sido el estilo que haya elegido para escribir, son historias de vivencias reales de la vida diaria y más. Usemos de ejemplo algunos temas tales como: **Historia de amor dos, Otra navidad, Testimonio, Error** y *Nido de espinas.* Estos por mencionar algunos. Todos con temas diferentes delatados con arte y elegancia para agrado del lector. No ha sido fácil el camino para mí, llegar a publicar este tercer y cuarto libro. Fueron muchas las espinas las que encontré. Pero, en la perseverancia está el triunfo, y he aquí el producto de mi trabajo terminado. Te lo dedico a ti, amigo lector.

VOCES DE DOLOR" también publicado por Tranfford, es un libro saturados de vivencias disfuncionales de familia y abusos. Donde deja demostrado las consecuencias de las malas decisiones y actos negativos. Estos libro no debe faltar en tu biblioteca favorita. No Sin olvidar el primero titulado: **Historias Clásicas en poemas de la vida Real,** publicado por authorhose en el 2011 y el segundo, titulado "**Corazón Noble y Poemas**, publicado Xlibris en el 2012. Todos igual de interesantes, escritos en el mismo estilo, con el mejor interés de llevarte un mensaje más claro y entretenido. Llenos de sucesos e historias que no debes dejar de leer.

DEDICATORIA

Dios Padre, te doy gracias por la
oportunidad de escribir y por
la responsabilidad tan grande que
has puesto sobre mis hombros.

Compartir mis ideas e inspirar a
otros, me hace muy feliz.

Obedecí tu mandato y he aquí el
producto de mi trabajo terminado.

¡En tus manos lo dejo, Señor!
¡G R A C I A S!

Aida Lopez

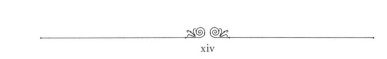

VIERNES SOCIAL

¡Hoy es viernes!
¡Quedamos en vernos!
Cuando llegue y él
escuche la bocina de
mi carro ...
"Correrá como siempre
a mi encuentro,
con una sonrisa pintada
en su cara"

¡Iremos a comer,
luego de compras!
Tal vez, nos sentaremos
un rato en el parque,
o en cualquier otro
lugar para compartir
tiempo.
Nos despediremos con
la promesa de volver a
vernos.

"De volver a vernos,
la siguiente semana".
¡El vienes de nuevo!

No hubieron besos,
toqueteos, ni sexo.
Tampoco nunca antes
sucedieron.
Nuestra amistad era
algo muy especial.
"Por muchos años, nos
estuvimos viendo."

Hoy, lo vi distinto,
estaba muy contento
y sonriendo.
"Me miraba a la cara
muy atento"
Me habló de cuanto me
admiraba y de mis ojos,
que los encontraba bellos.

Cuándo en su casa
lo dejé y se retiraba,
se detuvo antes de
entrar por la puerta y
se despedía de nuevo.

~~~

¿Quién iba a pensarlo?
¿Quién iba a creerlo?
¡No puedo entenderlo!
¡Que nunca más,
volveríamos a vernos!

Púes, cuatro días
después amaneció
muerto.
Luego lo incineraron,
y no pude verlo.

¡Amigo, amigo!
¿Porqué, tuvo que
suceder esto?
¡No me resigno a creerlo!

MIMUñECA

¡A mi muñeca de diez
centavos!
¿Cómo la voy a olvidar!
¡Fue la muñeca más linda
y más costosa que mi
mamá, me pudo regalar!

¡Ay,
mi linda muñeca!
¡Qué barbaridad!
¡Todavía no he visto una,
que la pueda superar!

¡Yo, me pasaba horas
jugando y admirando belleza
tan singular!
Era flaquita y rosada, todavía
lo puedo recordar.
Con sus vestidos de papel lucía;
cómo una, de mejor calidad.

Yo, la comparo con las
de hoy y no se puede
comparar.
¡De mi muñeca de diez
centavos, sentían celos
las demás!

MADRE Y PADRE

¡Mujer soltera!
"Que no tiene compañero,
ni a nadie que la
respalde, para salir
adelante".

Trabaja afuera y tiene
que ser madre y padre
tiempo completo.

Haces la compra, cocina
los alimentos.
Sirve la mesa, atiende
a los niños.
Recoge, limpia, baña a
los niños y los arreglas.
Hacen la tarea y
se organizan para un
nuevo día.

Déjalos en la escuela
para que aprendan.
No pierdas la cortesía,
ni tú temperamento.

Si tienes carro llévalo
a limpiar, no te olvides
del seguro, ni de los
papeles tenerlos al
día.
No sea que la policía
te valle a parar.
Esas son cosas tan
importantes que para
luego
no se pueden dejar.

Mujer soltera, eres la
mujer de los mil nombres.
Los que te rodean no se dan
cuenta de la cruz que llevas
puesta.

ELLOS Y NOSOTROS
MONOLOGO

Muchos trajes buenos
y escuelas privadas.
Todos muy orgullosos
luciendo a cambio de
alguien que vive
fuera de su patria y
de su casa.
Luchando para que a
"Ellos," no les falte
nada.

Sacrificando y
privándose de darse
un lujo.
Porque tal vez "Ellos"
necesitan el dinero
que él gasta.

~~~

Pasa el tiempo, pasa
los años.
todavía no ha podido
regresar a casa.

~~~

Ellos, se hicieron grandes.
Ya, ni siquiera de "Ellos"
recibe una carta.

¡Se olvidaron de papá!
¡Se olvidaron de mamá.
Si es que fue ella, la tuvo
que partir a luchar.

Ahora "Ellos" piensan,
que fueron unos malos
padres.
Púes, no estuvieron
cuándo se graduaron del
colegio.
Tampoco cuándo se enfermó,
ni en ningún momento
especial.

"Son unos malos padres.
hubiera preferido no
tenerlos.
Así es como ahora, ven
las cosas "Ellos".

Padres;

~~~

¡Malos hijos, traicioneros!
¿Cómo es posible, que
ahora pienses eso?
Si hubiera estado contigo
en esos momentos…
Tal vez no hubieses sabido
lo que es una fiesta,
una comida buena, ni
ir a un colegio.
"No sabrías lo que es
ponerse unos zapatos
buenos".

"Aprende en la vida,
nada es completo."
Deja que pase el
tiempo y hablaremos
de nuevo.

Sabrás lo que es amar
a sus hijos y verlos
enfermos …
¡Y de hambre muriendo!

Aida Lopez

ERROR

Perdona madre, por
todo lo que te hice sufrir.
Era mi error y no lo
entendía así.

Me cuidaba de no
besarte para que no te
diera de cigarrillo el olor.
Te mentía, cuando te
pedía dinero y
lo usaba para lo que no
te decía.
Por falta de fumar cuando
tranquilo en casa
estaba, de la casa salía".

Yo, sabía que tú madre,
sufrías.
Pero, yo razones no
entendía.
En casa de un amigo
me metía, a ellos no les
importaba
y a ti no te lo decían.

Ahora te pido perdón
madre querida.
Reconozco mi error y
de lo que me cuidabas.

El daño de fumar estoy
viviendo, y puedo
realizar que tú no
querías, que yo pasara
por nada de esto.

HOGAR DE ADULTOS

Recuerdo, que un día te
enojaste y me decías:
"No creas que voy hacer
como los demás y
una rutina de visitas te
voy a dar."

¡Yo, sentía su frialdad,
su falta de respeto y
de lealtad!
¡Me quedaba callada!
¡Por dentro lloraba!
No creía lo que me
pasaba.

Si le trataba de explicar se
alteraba y no escuchaba.
Mi esperanza era que,
reconociera su error y
que se arrepintiera.

Cuando me llamaba
se presumía de lo
ocupado que en su
trabajo estaba.
En los días especiales
a los niños, no traía.
En otras ocasiones ni una
llamada suya, recibía.

Yo, cómo madre,
siempre lo esperaba.
Por él siempre rezaba
para que cambiara.

Lo que sí sé, es que en
sus venas lleva algo que
no podrá cambiar…
¡Son nuestros lazos de
sangre!
'Es que sigo siendo su madre y
aunque él mismo quisiera'.
¡NO, lo podrá negar!

Poema revisado de Historias Clásicas

INDIFERENTE
CARTA

¡Quiero madre, desearte
que al recibir estas letras
estés bien, y que la
suerte te acompañe por
doquiera.

De mí
puedo decirte que
me siento muy
triste y olvidado por
aquéllos, que cuidarme
prometieron!

De eso se trata madre,
porque me estaba
acordando…
De tus consejos tan
sabios y de mi tal
indiferencia.

Por lo que quisiera
pedirte mucho perdón.
Y si se te hace posible
ven a mi encuentro por
favor.

Porque madre, ya deseo,
estar a tu lado otra vez.
Y si tú me lo permites
yo, quisiera reparar…
¡Todo lo que por mí,
sufriste!

JORNALERO

Trabaja y lucha como
un buen campeón.
Haciendo tareas que
tal vez, a otros, les
incomode realizar.
Lo importante es, que
sin trabajo no se
puede quedar.

Aceptando un abono,
que tal vez es el
pago menor.
Su nombre, su estatus,
todos sus datos no
son verdaderos.
Solamente lucha para
pagar el "Pollero" que
a su familia le pueda
cruzar para acá.

"Pues, este es el
país, del dinero y de
las oportunidades que
tú mismo te quieres
dar".
"Eso es lo que se oye
de aquí, por allá."

Aquí, es fugitivo y
con la justicia no
quiere ligar.
Cuándo ve un policía,
por la otra calle quiere
cruzar.

¡En su mente tiene a
todos aquéllos que
quedaron atrás!

H o m b r e

Buen amigo, esposo,
amante y buen compañero.

¡Quien arregla el mueble
roto!
¡Quien compone lo
que se cae!
El que trabaja, para que
nada, te falte.
El que llega cansado,
después de un largo
día de trabajo.
¡Quien merece un plato
de comida caliente
cuando llega a la mesa
asentarse!

Es quien te arregla el
patio, para que puedas
recrearte.
El que te compra los
alimentos para que
crezca fuerte, sano y
saludable.
¡El que cuida de que
nadie te maltrate!

¡Hombre!
¡Qué, a d m i r a b l e !
¡Tú labor es inagotable!

Aida López, escritora y poeta
Derechos reservados

DIA ESPECIAL

¡Por aquella mentira!
¡Por aquella calumnia!
¡Con aquél desprecio
tuyo y con el murmurar,
de los demás …
¡Me sentía crucificar!

¡Cuando, cómo un Judas,
tú, me negabas! …
Cuando, por razones
tuyas y en días
especiales, no quería
estar!
¡Me sentía crucificar!

¡Eran puñaladas que
sentía en mi alma!
¡Era un dolor intenso!
¡Dolor, que no existen
palabras que lo pueda
descifrar!

❦

No, no, era un regalo
lo que pretendía.
Era por el día y la
festividad.
¡Era el día, en que el más
pobre, o el más rico, le
lleva aunque sea, una
flor a su mamá!

¡Era el, *Día de Madres*!
¡Día de dar gracias!
Día particular, para
honrar y celebrar…
¡A nuestras mamás!

JARDIN VACÍO

Mi hermano y yo,
estábamos hablando
de casualidad.
Me contaba de sus
cosas, de su casa
y de su soledad.

Me dijo:
"Para un hombre
entrar a su hogar y
no encontrar a su
compañera…
"Es como entrar a un
jardín y no encontrar
flores".

La mujer, me dijo:
"Es el adorno principal
de cualquier hogar".
"Si entras y no está,
cómo en el caso mío".
¡Es como entra a un
jardín que está vacío!

Mi hermano me dejó
una lección.
¡Una lección de amor!
Son cosas que una
persona que sabe amar
puede realizar.
Al perder a un ser tan
amado y tan querido.

MORIR EN VIDA

¡Ven, quédate conmigo!
¡Ven, te lo suplico!
No te apartes jamás.
Tengo miedo a que las
fuerzas me fallen y el
dolor de no tenerte me
lastime más.

¡Ven, que mi pecho se
agita, mi corazón se
entristece y no quiere
latir si tú no estás!

¡Ven, quédate junto a mí,
te necesito!
¡Necesito, tu piel junto a
la mía!
¡Tener el aroma
de tu cuerpo y el sabor
de tus húmedos labios
junto a los míos!
Oír tu voz y contemplar
tu singular belleza, para
sentir que vivo.

¿No te das cuenta, que
siento miedo, a morir
si tú no estas.?
Porque vivir sin ti, es…
¡Como, morir en vida!

Aida Lopez

NUPCIAS
POEMA JOCOSO

Anuncio que de amor
me muero.
Que por él yo vivo
sufriendo.
Que cuando se enoja,
siento que me estoy
consumiendo.

Hágame el favor y
dele la noticia.
Porque sin su amor y
sin sus besos, siento
que vivir no puedo.

¡Ese hombre, es mi
medicina!
"Está como me lo
recetó el médico".

Por eso, es que yo,
les anuncio y les
quiero anunciar

¡Que estoy enamorada,
y con él, me quiero casar!

AMANTES

Cuando estas con ella,
yo deseo que en su
rostro veas el mío.
Deseo que cuando la
toques extrañes el
furor de mi cuerpo y
de mis besos.

¡Que cuando
quieras pronunciar
su nombre!
"Solamente
recuerdes el mío".

Para que te des cuenta
que con ella ya no
sientes lo mismo y
quieras correr al
encuentro mío.
Porque yo siento
que tú lugar, está…
"Al lado mío."

TRISTE SOLEDAD

Hoy me siento sola y
muy triste.
Quiero descifrar mí
dolor en prosas
pero, casi no puedo.
Quisiera que nadie se
sienta lo que yo,
siento.

Aquellos que amé, me
han desilusionado y
me han fallado.
Como madre sé que
cumplí.
Aunque me divorcié,
críe a mis hijos con amor
y los hice gente de bien.

Miro a mi alrededor y
me duele estar en una
edad madura, sin el
calor de un hombre
que me pueda amar;
ayudar y cuidar, igual
yo, de él.

La soledad en que vivo
me deprime, me enferma,
me enloquece.
Me sorprendo hablando
con las cosas.
Hablo con las flores,
con los peluches y con
todo lo que a mi
alrededor encuentro.

El eco de mi voz me
contesta y me alienta.
"No te atormentes más".
"Esto es el resultado de
ser madre y
en ti, antes no pensar."
"Te olvidaste que el reloj
seguía corriendo.
Que ellos tenían que
hacer su vida y
sola un día te tenias
que quedar.

"Sé valiente y continúa.
de nada te debes
lamentar.

Fuiste madre a tiempo
completo y orgullosa
debías de estar.

Piensa que Dios, y
tus hijos siempre
estarán presente, y
nunca te
abandonarán!

Poema modificado por la autora de:
Historias clásica en Poemas de la Vida Real.

LA CASITA

¡Qué bonita casita!
Yo, la contemplaba desde
el río, mientras limpiaba
la ropa de mi casa.

Había un caminito para
llegar a ella.
Quedaba arriba de un
pequeño cerro.
¡Era tan bonita, aquella
casita!

Hoy, miraba un cuadro
que existe en la
sala de mi casa.
De repente me acordé
de aquella
casita y de aquel río,
que cuando era yo, joven
la ropa aseaba.

Allí vivía una anciana,
junto a su nieto.
Desde el río yo miraba
para arriba y lo veía
cruzar para el pueblo.
¡Él era alto, delgado,
juvenil y bello!

"Un día subí a la casita
y le pregunté a la
abuela, por su nieto."
Porque no lo veía
hacía ya, algún tiempo.

Ella me contestó…
"Para el extranjero se fue
a trabajar y a buscar
un ambiente nuevo".

Yo, me quedé callada,
asombrada.
La Señora, nunca supo
cuánto lo lamentaba…
¡Por lo mucho que me
gustaba su nieto!

PIENSA EN MÍ

¡Cuándo te sientas sólo!
Cuándo sientas
que el mundo te ha
fallado...
Que aquellos que más
amaste te mintieron...
Y sientas que nadie se
Interesa por ti...

Cuándo te sientas
feo y despreciado,
y creas que tus
amigos y más queridos
de ti se han olvidado...

¡Piensa en mí!

Piensa en mí, porque
para cuándo creas
que nadie se interesa
por ti...

¡Yo estaré esperando!

Yo estaré esperando,
a que voltees la cara y
te des cuenta que...

¡Te des cuenta!
Que estoy deseando
que te fijes en mí.

EL LLANTO DE MAMá
Diálogo

Mamá, mamá.
¿Por qué lloras?
¿Acaso me porté mal?
¿Te desobedecí en algo?

Perdóname mamá,
no llores más.
Yo, creí que estábamos
felices y de pronto
empiezas a llorar.

¿Qué te hice, dime mamá?
Me siento como para
llorar yo, también.
¡Perdona, si es por mi
culpa que estas así!

La mamá:

~~~

¡No, hijo no!
¡No te pongas mal!
"Son recuerdos de
viejos momentos, que
llegaron a mi mente".

¡Tú, eres lo mejor que
en mi vida pudo pasar!
Me siento orgullosa de
ti y haberte tenido.
Me hace feliz verte
crecer y saber que eres
un ser humano tan bueno
y tan lindo de corazón.

Por lo de llorar, me
tienes que perdonar.
Trataré de que nunca
más vuelva a pasar.

CUANDO MUERA

¡Cuándo muera!
Ni tristezas, ni llantos,
luto, ni flores
junto a mi sepulcro,
será necesario.

Junto a mí, la paz y
en silencio una
plegaria.
Es todo lo que
necesito cuando
muera.

No quiero que llores
y digas que me
amaste.
Si en vida no tuviste
tiempo,
para demostrarme.
Puedes voltear la cara
y retirarte.

Porque ya mis recuerdos…
¡Ya, mis recuerdos
**no le dirán nada
a nadie!**

LA GLORIA DE AMAR

¡Un sólo día!
¡Una sola noche que no
tenga mañana, es todo
lo que quiero vivir junto
a ti!

Aunque digas que no
me amas.
¡Un día de vida contigo,
será, cómo cien años de
felicidad para mí!

Porque en cada beso
tuyo, en cada caricia;
en tus brazos y en tu
cuerpo…
Solamente encuentro…
La felicidad y el
significado, de lo que es:
"La gloria de
amar y ser amado".

EL BESO DE PEDRO

¡El beso de Pedro!
¡Qué beso aquel, beso!
¡Qué beso, tan tierno!
¡Fue un beso inolvidable!
No era mi primer beso,
tampoco el de Pedro.

Nos conocimos en un
viaje.
Hablamos todo el tiempo.
Nos contamos cosas que
tú no le contarías a nadie.

Al llegar al aeropuerto y
me disponía a marchar…
De repente Pedro, dejó
su fila y vIene a besarme.
Fue de improviso, íbamos
para diferentes lugares.

Pedro, con aquél beso
inesperado me dejó una
promesa silenciosa.
Para mí, fue cómo, un
hasta luego, pronto
vengo a buscarte.

~~~

¡Ha pasado el tiempo,
lo sigo esperando!
El sabor del beso de
Pedro, se quedó en
mi labios sellado.

No sé, qué habrá pasado.
Pedro, por mí…
¡Nunca ha regresado!

CORAZON ENAMORADO

¡Corazón enamorado,
que sueñas!
¡Que sueñas, con esos
momentos íntimos,
en que amas y te
dejas amar!

¡Momentos de placer y
amor que por nada
se pueden cambiar!

¡Corazón enamorado!
¡Que se estremece y
se entrega con pasión
tan singular!
Entrega que te deja con
un sabor a felicidad.
"Felicidad que sólo
puedes sentir,
cuándo amas y te saben
amar"

¡Corazón enamorado!
Que vives para amar y
dejarse amar.
No te canses de amar y
amar.
Porque si te cansas…
"La vida se nos puede escapar."

RECUERDOS

Hoy estaba mirando
por la ventana de
mi casa…
Y observaba el ir y
venir de los automóviles.

Disfrutaba ver las parejas
en sus autos.
Unos lo más pegaditos
posible, otros platicaban
de cualquier cosa.
Algunos escuchaban música,
no hablaban, canturreaban
las canciones.
Otros cantaban en voz
alta y se reían a carcajadas.

Por eso me acordaba de ti.
¡De nosotros!
De cuando hacíamos lo
mismo.

Yo imaginaba las promesas
que se estarían haciendo…
Y en cuántas se quedarían
sin cumplir …
¡Cómo la tuya y la mía!

Un día íbamos por una
ruta en New Jersey,
y me decías:
"Cuando seamos mayores
Y termines de criar
nuestros hijos" …
¡Nos pasearemos por
todos lugares!
"Aprovecháremos que ya
son mayores y
responsables de ellos
mismos".

Continúa

¡Así era nuestro amor!
"Solamente pensábamos,
en nosotros mismos".

¡En seguirnos amando!
"Juntos, hasta la muerte
cómo habíamos
prometido."

~~~

Por circunstancias de
la vida, pasó el tiempo
y de su promesa se
olvidó ….

Nunca se pudo cumplir
lo prometido…
Y en
otros brazos terminó.
"Deseo que a los
demás, no les pase
eso mismo.

EJEMPLOS A SAGUIR

AUDELIZ RIOS GONZALEZ

Audeliz Ríos-Gonzales, nació en el pueblo de Lares, Puerto Rico, el 28 de Enero de 1943.

A los siete años de edad, falleció su señora madre, quedando al cuidado de su padre, junto a sus cuatro hermanos. Esa fue una perdida muy traumática en Ia vida de Audeliz.

A Ia edad de doce años se fuga de su casa para otro pueblo, donde no conocía a nadie. Dormía en las calles y vivía de Ia caridad ajena. Pronto aprendió a ayudar en los restaurantes a cambia de sus alimentos.

Cuando cumplió su mayoría de edad, fue empleado por esos mismos restaurantes y negocios, que ya eran conocidos para el.

A Ia edad de veinte años, conoció a Ia que fue su esposa y madre de sus cuatro hijos, por treinta y dos años. Hasta que Ia muerte de ella par cancer, los separa.

Actualmente Audeliz, se encuentra disfrutando de los frutos de su trabajo y gozando su tercera edad. Vive solo, ya que no fue tan afortunado con su segunda pareja. Se deleita contando sus experiencias pasadas. Dice: "Que aunque no pudo ir mucho a Ia escuela, Ia vida le dejó una universidad de experiencias, que no cambia por nada." Nunca se le ocurrió tamar licor o usar ninguna clase de drogas, mucho menos hacer casas incorrectas contra el, o Ia sociedad. Es un creyente ferviente y agradece a Dios, todas sus experiencias vividas.

CARMEN LORAN

Carmen Loran, local business owner, was born and raised in Paterson, New Jersey, (NJ). She is proud of her humble but very giving parents. Octavia and Rosa Amalia Loran, and the Puerto Rican heritage they passed on to her.

She attended Eastside High School up to her junior year. At age 17, she worked as a cashier for a small local Hispanic supermarket. Demonstrating strong management and people skill, she was later offered a position as Pharmacy Manager to their new Pharmacy Department. Though having no prior experience in this area, she accepted and over the course of 24 years turned the pharmacy into a large profitable, well known and established business.

Understanding the importance of an education, Carmen obtained her GED at age 28 and soon afterward her certification as a Pharmacy Technician. Being divorced and mother to a young son, she wanted to secure her family's future. She had always envisioned owning her own pharmacy. With much hard work and determination, Carmen opened her own pharmacy in 2008.

Carmen's Pharmacy & medical Supply is located on 418 River St. Paterson. Having success with her business has made it possible to give back to her local community & beyond. She has personally collected and delivered clothing, personal items and medical supplies to the needy in the Dominican Republic. She has also provided and coordinated with other local businesses help local residents in their medical needs.

In October 2015, Carmen expanded her medical supply business and opened a second location at 32 Hines St, Paterson. In addition, this new location has a Certified Mastectomy Fitter on staff trained in fitting mastectomy products such as breast prosthesis, mastectomy bra and medical grade wigs for patients undergoing Breast Cancer treatment and surgery.

Thank you, Robert Pavlick.
Thanks for always being there for me,
and for your support.

You Rob, have all my admiration, my
respect and my deep gratitude.

TE PREGUNTO YO

Cuando veas que
cierre mis ojos, y
te des cuenta, que
voy a entrar al sueño
eterno.
¡Que ya no me puedes
despertar.!

Quiero que te
pregunte…
¿Si de verdad
me supiste amar?.

Cuando pase el
tiempo, cuándo de
verdad me empieces
a extrañar…
Y te des cuenta que
nadie puede llenar
ese lugar vacío.
Vacío, que deja un ser
querido y nadie puede
ocupar…

Te pregunto yo, y te
quiero preguntar.
¿Si de verdad me
supiste amar?

Mensajes:

La felicidad del ser humano consiste en saber quién eres y lo que quieres.

Cuando haces lo que te gusta lo haces con entusiasmo, con alegría y felicidad.

Recuerda: "No todo el mundo ve las cosa de la misma manera", por lo que ocurren los malos entendidos.

"Lo que crees y sientas es lo que das."

Recuerda: "Quita de tu vida los vicios y tus malas decisiones y todo cambiará".

"Para hacer feliz a los demás, tienes que ser feliz tú, primero".

"Elige alegrías con positivismo en cada paso de tu vida".

"Cuando encuentres palabras para aliviar tu dolor; El espíritu de consuelo te puede tocar.

y tú sanación avanzará."

"Una actitud positiva te ayudará hacer decisiones correctas."

"U N A FE F I R M E E S L A Q U E C U E N T A"

Someteos, pues a Dios; resistid al diablo y huirá de vosotros.
Santiago 4:7

L O C A

Poema jocoso.

Loca. ¿Loca, Yo?
De loca no tengo nada.
¿Qué por la edad?
No lo creas.
Se me pasan las cuentas y
no sé, si hoy, es hoy.
o es mañana?
¡Eso a cualquiera le pasa!

Pero, no te equivoques,
porque yo ... ¿Yo loca?
"De loca, no tengo nada".

Tal vez porque hablo sola.
Se me olvidan las fechas,
el año, el mes, no sé qué
más cosas me pasan.
Pero, yo te aseguro;
que de loca, de loca,
no tengo nada.

¿Qué si escribo poesías
y que no voy a llegar
a nada?
Tal vez tengas razón
pero, yo, de loca, de loca
no tengo nada.

¿Que siempre ando de
prisa?
¿Ansiosa de llegar a casa?
Tal vez tengo ansiedad.
pero yo, de loca -
de loca, no tengo nada.

MUJER

Las flores de los jardines,
te representan, mujer!
Igualas, a las rosas, las cosas
bellas, alegres y más hermosas.

La mujer, madre, consejera,
amiga fiel.
Esposa, buena amante, y
responsable.

Mujer, planta productiva
representas la prosperidad y la
fortaleza en el hogar.
Eres la que junta todas las piezas
del rompe cabeza, cuándo
algo sale mal.

La más inteligente,
la que comparte el pan.
La que es justa, con todos por
igual.

Evita problemas y endereza
todo lo que está mal.
Es un regalo de Dios,
para acompañar al hombre
en su soledad.

¡Mujer Divina!
¡Dios te bendiga, en este día,
y todos los días de tu vida!
¡Cuánta admiración!
¡Admiramos el milagro que tú
nos haces, cuando nos
regalas una vida más!

Aida López, poetisa y escritora
Derechos del autor reservado /2016

GUARDIANES DE AMOR

¡Guardianes de amor!
¡Son una leyenda de
compasión y amor con
su prójimo!
"Es un compromiso de
paciencia y sabiduría
que no les puede fallar
en ningún día."

¡Guardianes de amor!
Son quienes saben
llenar
esos vacíos físicos y
mentales de aquél
ser humano, que se
ahoga en su dolor.
¡Que pierde la
esperanza del amor y
que se siente sólo y
vacío!
Desatendidos, por
quienes su juventud
y la vida dieron.

¡Así es la vida!
"Has bien y no mires
a quien."
¡No te aproveches
del más caído!
Ni de aquéllos, que
las cosas no le han
salido bien!

Porque aún no
sabes cuál será el
vagón que la vida te
tenga, para coger.

El alma generosa será próspera.
El que sacia, el también será saciado.
Proverbio: 11-25-26

CUANDO YO SEA GRANDE

Dedicado a los niños

¡Cuando yo sea grande,
me compraré una casa grande!
Que tenga muchas ventanas y
un balcón bien grande.

¡Cuando yo sea grande,
tendré un carro bien lindo y
bien flamante!

¡Cuando yo sea grande,
tendré muchas cosas lindas
y me vestiré de última
moda!

¡Cuando yo sea grande,
usaré guantes de seda y
sombreros bien elegantes!

¡Cuando yo sea grande.
iré a una universidad,
bien grande!
Me graduaré en grande,
realizaré todos mis
sueños en grande!

¡Porque ya seré grande!

P A B Y

¡El día treinta de Abril,
ha nacido un niño
hermoso!
¡Precioso como
aquél día!
¡El día, treinta de
Abril!

Ismael, igual a su
padre.
Ramón, persona
honorable.
López, igual que su
madre,
porque lo ha criado
sola.

El día treinta de Abril.
¡Qué fecha tan
memorable!

AMIGA PRESENTE

Cuando las cosas
me han salido mal.
Cuándo pienso que
nadie se importa
de mí.
Es cuándo tú, querida
amiga, has dicho
presente por mí.

Cuándo guardo una
pena en mi alma, o
una ofensa sobre mí.
Es cuando tú has
estado presente
para consolarme.

En tiempos que he
quedado corta de
dinero, y deseo
comprar algo y no
puedo...

Es como si tú,
pudieras leer mis
pensamientos y has
querido extender la
mano sin ni siquiera
yo pedirlo.

GRACIAS amiga,
por ser mi amiga.
Y por siempre tratar
de lo imposible
hacerlo posible en
mi vida.

TACONES MáGICOS

Me montaba en mis
"Tacones Mágicos", y
corría por el universo.

Me sentía libre, bella,
alta y feliz.
Flotaba y sentía, el
aire fresco con mi
cara jugar.
Veía como la gente se
volteaban a mirar.

Salía de noche, me
fugaba a bailar.
¡Lucia mis tacones
hermosos!
Los más hermosos
que puedas imaginar.

❧

Yo, era la mejor
bailarina
de cualquier lugar.
Todos admiraban mis
piernas y mis bellos
zapatos al verme
danzar.

~~~

De repente desperté,
y me di cuenta de la
verdad.
¡Que a mis tacones soló,
los pude soñar!

Mis "Tacones Mágicos"
**eran las ruedas de mi silla
de ruedas.**
En la que me paseaba,
y me dejaban soñar.

SE BUSCA UN ANGEL

¡Se busca un Ángel!
Se busca un Ángel,
para que me preste
sus alas.
Para no tener que
usar mis piernas que
están tan enfermas
y tan cansadas.

Quiero conseguir
un Ángel, que camine
conmigo.
Para usar sus
alas cada vez que las
necesito.

¡Que me alcance las
cosas!
¡Que sobe mis piernas,
se apiade de mi dolor
y de mi sufrimiento!

Tengo que conseguir
un Ángel, que me
preste sus alas.
Para cruzar por los
senderos del mundo
sin tener que
tocar el suelo.

Sin tener que tocar el
suelo, para no lastimar
mis piernas que están
tan enfermas y tan
cansadas.

TESTIMONIO

M encontraba enfermo
en una cama…
"Llorando como un niño,
porque sentía que el
dolor con mi vida
acababa".

¡Me encontraba en
aquella cama y hasta
le pedía a Dios, que
con él, me llevara!
"Me sentía tan mal,
que las esperanzas
me flaqueaban".

"Me encontré en una
cama y aquellos que
me amaban su fidelidad
me mostraban".

En mi desesperación
a Dios, le imploraba.
"Déjame vivir Dios
mío, para regresar a
casa"
¡Seré mejor esposo,
mejor padre,
mejor persona!

❀

"Oraba y reflexionaba".
"Daré testimonio al
mundo, de tu misericordia
sagrada".

¡Me hallé enfermo en
aquella cama y mi
esposa fielmente me
cuidaba!
Me pasaba la mano
y me decía…
"Ya pronto estaremos
en casa"
¡Me hallé tirado
en una cama sin
esperanzas de nada!
Pues, los doctores,
nada me aseguraban.

~~~

En una noche que
con mucho dolor me
encontraba…
Sentí alguien que sobre
mi pierna su mano
posaba.
Me levantó a la luz,
a la vida y esperanza.
Pues, mi dolor se
opacaba.

~~~

¡Cuando estuve tirado
en aquella cama, fueron
mis fieles los que
conmigo lloraban!

Los Ángeles Guardianes,
de mí se apiadaron y
aquella noche en
silencio, su caridad me
mostraban.
¡Me dieron la paz y
el consuelo que yo
necesitaba!

Hoy me siento mejor
y lleno de esperanzas.
¡Con una experiencia nueva,
que no cambio por nada!

BARREARA CULTURAL
(Monólogo)

No hables ahora
Mamá…
No me quieras avergonzar.
"No quiero que mis
amigos se den cuenta
de tú acento al Inglés
pronunciar".
Luego de mí, se pueden
burlar.
"El día de mi graduación
prefiero que no me
vengas a acompañar."

~~~

MADRE

¡Pena y vergüenza te
debía dar.
El que mi "acento", como
tú dices tanto te pueda
avergonzar.
Después de tanta lucha y
tantos gastos para
verte ese día celebrar..
Me pides que no te vea
ni siquiera desfilar.

＊

"Mi acento hispano, es
mi cultura, es mi
orgullo y no lo tengo
que ocultar".

"A un "carajo" tus amigos
y quienes se puedan
molestar".

En este país tenemos
las libertad de hablar y
expresar.
Si tus amigos o tú, no lo
saben, es hora de que se
empiecen a educarse más.
Porque nosotros vivimos
en un país culturalmente
universal.

Parte de nuestra identidad,
es la manera del Inglés
pronunciar.
Por eso es que celebramos…
¡El mes de la Hispanidad!

TRAGEDIA

¡Ay!
¡Las Torres Gemelas!
¡Qué barbaridad!
¡Lo que esos indigentes,
pudieron lograr!

Algunos emigraron a
Los Estados Unidos,
triunfaron, se hicieron
grande en la sociedad.
Luego su inteligencia
la usaron para matar
y desgraciar a los demás.

¡La envidia es tan grande
que no los deja descansar!

Los grandes noticieros
y el gobierno, nos avisan de
lo que nos debemos
cuidar.
Y el enemigo lo usa
para agrandar su maldad.

Si es verdad o no es
verdad nadie lo puede
asegurar
Lo que sí sabemos es que,
con nuestra tranquilidad …
¡Pudieron acabar!

¡Ay, mis Torres Gemelas!
¡Qué pena me dan!

EL TIEMPO DE CHAVES

¡Nos dejó Chaves!
Hasta en sus últimos
momentos su lucha y
perseverancia demostró.

¡Se nos fue, Chaves!
A miles muy triste dejó.
En otros, muchas nuevas
esperanzas provocó.

Era inteligente, poeta,
y cantor
Eso fue lo que del más
se admiró.

Tenía buenos y malos
momentos.
Múltiples personalidades,
diría, yo.
Contra una enfermedad
muy fuerte luchó y luchó.

Ejemplo de lo que es el
tiempo de Dios, demostró.
Muy buenos médicos, y
de todo lo que se pudo
hacer…
¡Se hizo lo mejor!

Pero, su tiempo llegó y
como cualquier otro ser
humano sufrió…
Sufrió y expiró.

LA VILLANA

¡Ella, no es real!
No es fiel compañera,
buena amiga, buena
madre.

¡Es mentirosa y traicionera!
"Muerde la mano del
que le da el pan"
"Te pega el puñal por la
espalda"
¡Ella, no es real!

"Tiene lengua de dos
filos"
¡Sabe alterar la paz!

¡Ella, es una mala persona!
Deja que siga su camino,
y no, la recuerdes más.

Porque ella es una Villana.
¡Ella no es real!

QUISIERA

En la soledad de mí
corazón y con lágrimas
en mis ojos, pienso y
quisiera...
"Que la vida
fuera una película más,
en la que se pudiera
borrar lo que no nos
salió bien.

Acompañada de la
tristeza de mi
corazón y con un
silencio sepulcral...
Me siento y escribo
para deleite de los
demás, y para dar
tranquilidad a mi
alma.

Quisiera, decirte
cosas que no te han
dicho
Quisiera, estar dentro
de ti y escribir de lo
que te molesta y
te hace infeliz.

Quisiera, ser la amiga
que necesitas.
Quisiera solucionar
lo que piensas y
deseas.
Quisiera, que consigas
el amor y junto a ti
se quede.

Quisiera, que no te
quedes solo por
el motivo que sea.
¡Quisiera que se haga
posible y se cumpla
lo que tú, quisieras!

TRIPLE CIETE
(777)

Lo conocí en un
casino.
Me impactó con su
mirar.
Luego poco a poco
empezamos a
platicar.

Me dijo cosas
bonitas.
Me supo cautivar.
Luego nos dimos
cita para con nuestra
amistad continuar.

Resultó ser el amigo
deseado.
Lleno de amor para
dar.
Esa fue la mejor
ganancia que en los
casinos pude
encontrar.

NIDO DE ESPINAS

¡Quisiera ser un
pichón, para poder
volar lejos!

Volar muy lejos,
para contarle a todos
lo que aquí, estoy
sufriendo.

Decirles que no
me dejan hablar y
del miedo que
estoy sufriendo.

*Me insultan y me
dicen…*
"Que soy un viejo."
"Que nada recuerdo."
"Que me las paso
mintiendo y que
cambio lo que cuento."

¡Quisiera ser un pichón,
para poder volar lejos,
lejos!
"Estos son malos, me
roban, me castigan y
hasta hambre me
tienen sufriendo."

¡Quisiera ser un pichón,
para salir de aquí huyendo!
Pues, el nido en que
me encuentro, está de
espinas muy lleno.

REFLEXIONES

Hoy desperté temprano.
¡Lleno de felicidad y
de alegría!
¡Una nueva luz, un nuevo
día, me espera!

Me espera, para vivir,
para celebrar y para
vencer en la vida.

Reflexioné y entendí,…
'Que es hora de que
yo, haga reformas, en
mi vida.'
¡De que ya cambie,
la rutina mía!

Me iré lejos, exploraré,
otros lugares.
Conoceré otras personas,
y cruzaré otros mares.

Ya, he trabajado mucho.
Yo, me siento enfermo y
muy cansado.
¡Quiero gozar mi vida!
Gozar la vida, sin que nadie
me reclame, y de
problemas no acordarme.

Quiero vivir la vida, y
olvidarme…
Olvidarme, de aquéllos,
que de mí …
¡Que de mí, sólo supieron
aprovecharse!

NI AMIGO NI FAMILIA

Cuando quise hablarte,
te negabas.
"Porque
no tenías tiempo, para
escucharme".

Cuando necesité tú
consejo y te busqué …
"Dijiste que ahora, no
era el momento ideal".

¡Cuando tuviste dinero,
con tus amistades te
mudaste y lo disfrutaste!

Ahora, que te encuentras,
con la cartera vacía …
Recuerdas el camino de
llegar a mi casa.
Y por lealtad, dices:
"Que yo,
tengo que ayudarte".

¿Amiga de quién?
¿Familia de quién?
Ahora soy yo…
"Quien no tiene tiempo
para escucharte".

'Regresa con tus amistades'.
¡Te deseo felicidades!

Si tienes algún problema,
me imagino que ellos …
¡Desearán mucho, ayudarte!

¡Bendiciones para todos,
y
muchas felicidades!

CUADRO ROTO

Feliz cumpleaños,
me cantaban.
¡Feliz cumpleaños,
me deseaban!

Sí, debo estar feliz...
Críe cuatro hijos,
los vi nacer, crecer y
realizarse.
Me dieron nietos y
me siento feliz.

Aunque hubieron
momentos que no
siempre fueron así.
Cómo el que hoy,
me tocó vivir.

Hoy fue mi fiesta
de cumpleaños.
A mis amigos,
amistades y familia,
quise invitar.
Pero, el cuadro me
quedó roto.

Sí, roto porque tú
no estabas.
Por razones tuyas,
por coraje de otros.
Me negaste un beso,
me negaste un abrazo,
en un día tan especial
para mí.

No te veía llegar.
Te estaba esperando.
Me sentía muy triste,
me sentía incompleta,
me sentía infeliz.

Estaba conforme y muy
agradecida, de todos
cuántos estaban por mí.
Pero, sin tú presencia.
Sin tú presencia,
amado hijo.
¡Era imposible estar
feliz!

TRISTE NAVIDAD

! Navidad!
¡Otra Navidad!
Otra navidad, que
estaré sólo sin el roce
de aquellos a
quienes más quiero.

Los que tanto me
quisieron, otros
compromisos tuvieron.
Nuevas familias y
amistades.
¿Para qué hablar de eso?

¡Navidad!
¡Linda Navidad!
¡Los voy a esperar!
¡Tal vez se les ocurra
llegar!

❈

'Compré mucha comida,
y tengo los regalos de
los niños envueltos'.

~~~

¡El tiempo ha pasado,
y no han llegado!
No los siento por las
escaleras subiendo.
Se me hincha la cara
de por los cristales
estar viendo.

~~~

¡Navidad!
¡Pasó navidad!
¡Me ha ganado el sueño
y nunca vinieron!

NAVIDAD

¡Navidad!
Tiempo de unión,
perdón y de regalar.
Regalar amor, amistad.
Compartir con quienes
amamos y con lo más
desventajados.

Dar un tiempo de
calidad y caridad al
que está sólo,
enfermo o deprimido.

Llévale alimentos
a la puerta de ser
necesario.
Si puedes acompáñalo
un rato.
Invítalo a que coma
en tu mesa.

¡No se puede ser
indiferente al dolor
ajeno!

Perdonar y estrechar
la mano al amigo y
al enemigo, para
recibir el perdón
nosotros mismos.

NAVIDAD SIN JUGUETES
Diálogo

Mamá: ¿Por qué, no
tuve juguetes en
la navidad, cómo mis
amigos de la vecindad?

¿Mamá, por qué no
tengo zapatos y
ropa de marca, cómo
mis amiguitos?

~~~
Hijo, recuerda que
todas las familias, no
vivimos igual.
Aunque vives, sin una
figura paternal …
Tú, tienes padre igual
que los demás.
A pesar de con
nosotros no se pueda
encontrar.

❧

La marca de tus zapatos
y la ropa, será …
'La que se te pueda
comprar.'
"Tal vez no sean de las
marcas que tú quieres…
Pero, sucio y mal visto;
no caminarás.

Si juguetes, no tuviste en
esta navidad…
'Otras muchas y mejores
vendrán.'

Tú, tienes cuidado, amor y
un techo para tu seguridad.
Tal vez, no comas manjares
pero, un plato de comida
caliente, no te faltará.

¡Demos gracias a Dios, por
cuánto tenemos!

'Piensa en aquellos niños,
que de lo que tú tienes'…
'No pueden tener'…
¡Ni siquiera la mitad!

EL SECRETO DEL DEDO DE UNA NINA

Érase una vez una niña,
que se chupaba el dedo.
No, porque fuera tonta;
era por el gusto que
según ella, le encontraba.

Una noche la niña,
Se echó su sabana en
su hombrito, mientras
su dedo chupaba.
¡A buscar caliente a
la cama de sus padres
se encaminaba!

Lo que vio, la dejó
asombrada.
Su padre golpeaba su
madre y trataba de
reventar su cabeza
sobre la mesa de
noche, que había junto
a la cama.

Su madre se defendía,
pero, él casi le ganaba.

Cuando su madre notó,
su presencia en la
puerta parada…
Con su mano una señal
le hacía, para que
se alejara.

Cuenta la niña ahora,
que es una adulta y
con tristeza de aquel
incidente se acordaba…
"Que sintió una mano
pesada sobre su hombro
que la movía hacia
atrás y a su cuarto la
encaminaba".

¡Era la contestación,
de los ruegos, que con su
mente, al cielo su madre
daba.
Puesto que si aquél
hombre su presencia
notaba, seguramente
le pegaba.

¡La niña tenía apenas
cuatro añitos y aquél
incidente en su mente
quedó grabado!

Ese mismo Ángel,
piensa ella, y piensa su
madre…
"La salvó de las manos
de aquél maldito
canalla, que casi la
mata."

MIS RAÍCES

Mis Raíces
puertorriqueñas y
mi familia...
Fueron mis principios
y mi motivación
para continuar
adelante.

Motivaron mi vida
y me llenaron de
amor y encanto.

¡Carne de mi carne!
¡Sangre de mi sangre!
Mi Puerto Rico,
querido...
¡Por eso te quiero
tanto!

Inspirado por: Ramón Ismael López
Aida López, copyright reservado.

Celebración
Poema jocoso

¡A bailar!

¡Qué baile Mamita!

¡Qué baile Papá!

¡Que bailen los niños y
los abuelitos!

¡Que bailen, que bailen,
que bailen toditos!

Que bailen, que bailen,
aunque sea solitos.

¡Bailen, baile, baile!

¡Que a bailar se ha
d i c h o!

YO IGUAL QUE Tú

Yo, como tú, quisiera
llegar a mi casa y
encontrar alguien
que espere por mí.

Yo, igual tú, quisiera
tener a quien contarle
sobre mi día.
Sobre las penas o
alegrías de ese día.

Yo, como tú, quisiera
recibir el beso de
entrada y salida.
El dulce beso de los
"Buenos Días".

Yo como tú, quisiera
tener con quien
compartir en la mesa
mi comida.
Alguien a quien invitar
para la Iglesia, a una
fiesta, o a donde sea.

❀

Yo, igual que tú,
quisiera aprender a
vivir sin el roce del
ser humano, en mis
noches frías.

Roce que le da vida
al corazón.
Que mata la angustia y
la desesperación.

¡Desesperación que se
sufre por falta
de amor y compañía!

MACHETEA

Machetea y machetea.
Que el que persevera
alcanza.
Machetea, todo
obstáculos y espinas
de tu caminata.

Limpia, sacude y
espanta.
Todas tempestades
que a tu alma atan.
¡Que Dios, es paciente
y aguarda …
¡A que tú limpies las
espinas que de Él, te
separan!

Machetea y machetea,
es una forma figurada
Invitándote a que saques,
toda impureza de tú
alma.

Machetea y machetea.
Machetea, hasta que
veas…
"Cómo el que persevera
alcanza."
¡Que de Dios, recibirás
la luz y la gracia!
¡Porque Dios, es el
camino que da fe y
esperanza!

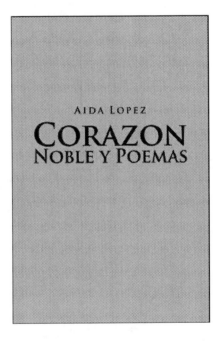

CODICIA

Si yo fuera tan
grande que pudiera
tocar el cielo…
¡A Dios, le pediría,
ser el dueño del
firmamento!

Si yo fuera tan grande,
que pudiera tocar
el cielo…
A Dios, le contaría
lo que por ti, estoy
sintiendo.

¡Si yo fuera tan grande
que pudiera tocar el
cielo!
A Dios, le preguntaría
por qué, en la tierra no
se han cumplido todos
mis sueños.

¡Si yo fuera tan grande,
que pudiera tocar el
cielo!
Perdón le pediría a
Dios, por **codiciar** lo que
no tengo.

RECUERDOS DE FAMILIA
LOS TRES HIJOS Y LA HIJA DE AIDA López

Leandro, Alejandro, ramón Ismael
Magali y Aida López - madre

DATOS BIOGRAFICOS DE LA AUTORA.

La escritora Puertorriqueña Aida López, nació en San Sebastián en Puerto Rico, en el 1944. Hija menor de la Señora Juana Ramos y Señor Juan E. López. Su cuna fue el barrio Alto Sano donde creció junto a una hermana y tres hermanos, al cuidado de su madre. De joven fue miembro activo del movimiento Católico juvenil de su barrio. En la Iglesia Católica (de su pueblo) San Sebastián de Mártir, fue bautizada, hizo su primera comunión, confirmación y de adulta contrajo matrimonio. Es graduada de la Escuela Superior de su pueblo, donde también obtuvo diploma en Educación Comercial. En Mayagüez, Puerto Rico, se graduó de Secretaria Bilingüe.

Desde joven reside en New Jersey, "El Estado Jardín" donde continuó con su preparación académica. Durante su trabajo y servicio profesional, obtuvo otros adiestramientos y certificaciones profesionales. Se destacó trabajando en el campo de servicio social hasta retirarse. Administró barios pequeños negocios de su propiedad, en New Jersey y Puerto Rico. Tiene tres hijos y una hija. Todos mayores de edad y realizados. En lo presente tiene ocho nietos; ayuda a una organización sin fines de lucro y es miembro activo del Concilio Puertorriqueño de Nueva Jersey. En su tiempo libre disfruta de su familia y escribe cuando se siente inspirada.

En el 2010, aplicó y obtuvo el derecho del autor, (copyright) otorgado por, La Librería Del Congreso de los Estados Unidos en Washington, D.C. Dedicarse a escribir no era una opción para ella, a pesar de que desde muy joven presentó su inquietud por escribir poesías. Pero, es cómo nos dice y citamos: "Dios tiene un día y una hora para todo" y si escribir ahora, es el plan de Dios, para mí... "Pues que se haga su voluntad hasta el final de mis años o días de vida."

Los libros titulados. "<u>DE TU VIDA A LA MIA</u>" y "<u>VOCES DE DOLOR</u>" son los dos últimos libros escritos por Aida López. Su primer libro titulado, "<u>Historias Clásicas en Poemas de la Vida Real</u>", fue publicado por authorhouse, en el 2012. El segundo libro titulado; <u>Corazón Noble y Poemas</u>, lo público Xlibris, en el 2013. Todos los puedes conseguir en amazon.com y/o en las tiendas Barnes & Noble o en cualquier otra tienda de libros. Todos cuántos han leído los libros anteriores, aseguran el éxito de los dos últimos. Dramatizar, o crear canciones con algunos de los temas relatados en sus libros, puede ser posible. No cabe duda que la Señora Aida López, es un talento y un orgullo hispano. Reconocido en toda Hispanoamérica.

Aida Lopez

Aida López, está muy orgullosa de su descendencia Puertorriqueña. Puerto Rico tiene 78 pueblos. Es un territorio autónomo, incorporado a los Estados Unidos, situado en el Noroeste del caribe. La Isla es también conocida como, "La Isla del Encanto".

Los términos "Boricua" y "Borincano" se derriba de... "Borinken" "Borinquen" su nombre Indígena Taino y se utiliza comúnmente para identificar a alguien de la Herencia Puertorriqueña. (FUENTE: WWW WIKIPIEDIA.)

El pueblo San Sebastián, donde la escritora Puertorriqueña Aida López, nació - se encuentra localizado en el interior montañoso central del Noroeste de Puerto Rico. Fue fundado en el 1752. Su nombre común es: San Sebastián de Las Vegas del Pepino. Es conocido como; "La Cuna de la Hamaca" y su población como: "Los Pepinianos" y "Los Patrulleros". Su Santo Patrón es, San Sebastián Mártir. Tiene veintitrés barrios.

Puerto Rico Autorizado por Aida López, escritora.

Corazon Noble
y Poemas

by
Aida Lopez

This is a short, educational novel.
It's composed of true to life stories
followed by poems. For the author,
writing is sharing all the wonders
existing in her soul, her kindness
and her happiness. She gave away
all the sufferings she encountered
during the different stages of her
life and the life of others. This is
her second book. The first entitles
Historias Clásicas en "poemas de la
Vida Real" which is as interesting as
this second book. Find it in www.
amazon.com.

ISBN13 Softcover : 978-1-4797-5110-5
ISBN13 eBook : 978-1-4797-5111-2
Published by Xlibris
Order Today!
Call **888-795-4274** ext. 7879,
order online at www.xlibris.com,
www.amazon.com,
www.barnesandnoble.com,
or visit your local bookstore.

Xlibris
WRITE YOUR OWN SUCCESS

PALABRAS SABIAS:

La palabra está escrita por medio de los profetas, por disposición de Dios, siendo notificado a todos los gentiles para obediencia de fe. Romanos 25/26.

Matrimonio – Imagen de la unión de Cristo, con la Santa Iglesia.

Bautismo – Nuestros hijos se convierten en hijos de Dios, e incorporan al Cuerpo Místico de Cristo.

Es el **bautizo** el don más grande que nos dejó Jesucristo.

La verdadera compasión ignora todo perjuicio. L: 10: 30-32

"Disciplina es una herramienta, para enseñar amor y entendimiento, **no** es poder y control"

"El niño que piensa que es malo, actúa malo".

"Los padres ejercen buena o malas influencia sobre sus hijos."

"La comunicación es la base para el entendimiento, compasión y crear solución a cualquier problema."

El que no ama se queda en la muerte. Carta a San Juan 14

Perseverad en el amor fraternal. Carta a los Hebreos. 13: 13

Instruye a tu hijo y trabaja en formarle para no ser cómplice en su deshonra. Romanos 30: 13

En los tesoros de la sabiduría están las máximas de la buena conducta de vida. Eclesiástico 1: 19

Como hincada en un muslo carnoso, así es la palabra en el corazón de un necio. Eclesiástico 19:12

La manera de vestir, la risa de sus dientes y el caminar del hombre; dice lo que es. Eclesiástico 19:27

Como perro que se revuelve sobre su vómito así es el necio que repite sus necedades. Proverbio 25- V: 11

El murmurador y el de dos lenguas son malditos, por que meten confusión entre muchos que vivían en paz. Eclesiástico 28:15

Quien teme al Señor, será feliz y bendito será en el día de su fallecimiento. Eclesiástico: 1:19

Pues, templo de Dios, vivo somos nosotros, según aquello que dijo Dios. Corintios 14: 16

Confía en Dios, y Él te sacará a salvo; Eclesiástico 2:6

DEFINICIONES: Por: NTC Diccionario.

Poeta – Poetisa - persona que escribe poesías

Poesía – Género literario al que pertenecen las obras escritas en versos.

Prosa – Manera de escribir que se diferencia de la poesía y que no necesita ritmo ni rima.

Texto – Conjunto de palabras y frases que tienen una relación de contenido y forman un escrito.

Diálogos – Conversación entre dos o más personas en la que cada una contesta a lo dicho por la otra.

Idioma – Lengua que se habla en un país o en un lugar.

Escritora – personas que escribe libros o artículos

Autora – Persona que realiza algo, puede ser la autora de in libro, de….

Autobiografía – Relato donde el autor cuenta su propia vida.

Biografía – Historia de la vida de una persona.

Poema – Composición literaria escrita o recitada que está formada por versos y que tiene ritmo y a menudo rima.

Poética – Conjunto de normas y principios para expresar la belleza. El sentimiento, o las ideas por medio de palabras habladas o escritas que tienen armonía.

Prejuicio – opinión negativa que se tiene sobre alguien antes de conocerlo.

Lavadero – Lugar especial donde se limpia la ropa.

Diversidad – Conjunto de personas o cosas distintas.

don – Usar las capacidades que el espíritu nos descubre.

Bandera – Representa a una Nación o a un grupo de personas.

Era – Etapa o periodo de tiempo de la historia de la humanidad que empieza con un hecho importante.

Pintoresco – Se dice de un lugar o situación que son muy bonitos y muy típicos.

Machetea – Se usa como arma o para abrirse paso entre la maleza.

Vicio – Costumbre mala o negativa o en contra de la moral.

MIS DULCES SETENTAS

F I N

!Dios Padre, te doy gracias por la oportunidad
de escribir y por la responsabilidad tan
grande que has puesto sobre mis
hombros.

Compartir mis ideas e inspirar a otros
de una manera positiva, me hace
feliz.

Obedecí tu mandato y he aquí el producto
de mi trabajo terminado.

¡En tus manos lo dejo, Señor!
¡G R A C I A S!